처음 사랑으로 너에게

처음 사랑으로 너에게

초판 1쇄   2022년 1월 31일
지은이   용혜원
펴낸이   김영재
펴낸곳   책만드는집
—
주소   서울 마포구 양화로3길99, 4층 (04022)
전화   3142-1585·6
팩스   336-8908
전자우편   chaekjip@naver.com
출판등록   1994년 1월 13일 제10-927호
ⓒ 용혜원, 2022
—

ISBN   978-89-7944-794-1 (03810)

처음
사랑으로
너에게

용혜원 시선집

책만드는집

처음 사랑으로 너에게

너를 본 순간 사랑에 빠져
가까이 다가갈 수 없어서
멀리서 텅 빈 마음으로만 보았다

네가 보고 싶어서 사랑이란 이름으로
너만 사랑하고 싶어서
내 마음 한복판으로 초대하였다

네가 너무 보고 싶어
마음의 한 모퉁이 그리움으로
가득 차올라 너를 만나고 싶었다

내 목숨만큼이나 열렬히 사랑하며
마음속 깊이 묻어두었던 것들을
다 쏟아내고 싶다

사랑이 내 마음에 흘러들어 오면
모든 정신을 몰두하여 사랑하고 싶고

이 세상이 우리를 위해 만들어진 것처럼
아주 많이 행복하게 살고 싶다

처음 사랑으로 너에게
이 세상의 모든 웃음과 기쁨과
감동과 감격을 모아
너를 사랑하며 몽땅 다 주고 싶다

| 차례 |

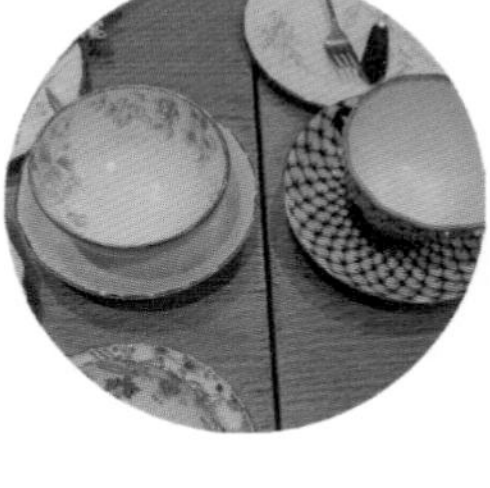

05

01

오늘 하루가

오랜 후에 오늘을 생각해도
후회가 없다면
얼마나 멋진 삶입니까

삶의 순간순간이 아름다워야
우리들의 삶이 아름답습니다

삶을 어둡게 살기보다는
빛 가운데 드러나게 살아야 합니다

삶을 고통스럽게 만들기보다는
즐거움으로 만들어가야 합니다

오늘 하루가 행복해야
내일이 행복합니다

삶의 기쁨

이 세상에는
아주 작은 행복이
너무나 많다

너무나 작아
눈에 보이지 않고
손에 잡히지 않는다

그 작은 조각들을 붙여
큰 행복으로 만들어가는 것이
크나큰 기쁨이다

삶이란 지나고 보면

젊음도 흘러가는 세월 속으로
떠나가 버리고
추억 속에 잠자듯 소식 없는
친구들이 그리워진다

서럽게 흔들리는 그리움 너머로
보고 싶던 얼굴도
하나둘 사라진다

잠시도 멈출 수 없을 것 같아
숨 막히도록 바쁘게 살았는데
어느 사이에 황혼의 빛이 다가와
너무나 안타까울 뿐이다

흘러가는 세월에 휘감겨서
온몸으로 맞부딪치며 살아왔는데
벌써 끝이 보이기 시작한다

휘몰아치는 생존의 소용돌이 속을

필사적으로 빠져나왔는데
뜨거운 열정의 온도를 내려놓는다

삶이란 지나고 보면
너무나 빠르게 지나가고
남은 세월이 한순간이기에
남은 세월에 애착이 간다

처음처럼

우리 만났을 때
그때처럼
처음처럼
언제나 그렇게 순수하게
사랑하고 싶습니다

처음 인연으로
느껴져 왔던
그 순간의 느낌대로
언제나 그렇게 아름답게
사랑하고 싶습니다

퇴색하거나
변질되거나
욕심부리지 않고

우리 만났을 때
그때처럼

처음처럼
언제나 그렇게 순수하게
사랑하고 싶습니다

1월

일월은
가장 깨끗하게 찾아온다
새로운 시작으로
꿈이 생기고
왠지 좋은 일이 있을 것만 같다

올해는
어떤 일이 일어날까
어떤 사람들을 만날까
기대감이 커진다

올해는
흐르는 강물처럼 살고 싶다
올해는
태양처럼 열정적으로 살고 싶다

올해는
먹구름이 몰려와
비도 종종 내리지만

햇살이 가득한 날들이 많을 것이다

올해는
일한 기쁨이 수북하게 쌓이고
사랑이란 별 하나
가슴에 떨어졌으면 좋겠다

이런 날이면

비 오는 날 그대에게
전화를 걸었습니다

이런 날에는
아무런 이유도 없이
그대를 만나고 싶습니다

울적해지는 마음
산다는 의미를 생각해 보고
살아온 길을 생각해 보다가
허무에 빠지게 되면
온몸이 탈진한 듯
힘이 없어집니다

비 오는 날 그대에게
전화를 걸었습니다
이런 날이면 아무런 이유 없이
그대를 만나고 싶습니다

나의 연인이여
이런 날이면 먼저 전화를 해
"보고 싶다, 우리 만나자" 하면
좋겠습니다

우리 보고 싶으면 만나자

그리움이 마음의 모퉁이에서
눈물이 고이도록 번져나가면
간절한 맘 잔뜩 쌓아놓지 말고
망설임의 골목을 지나
우리 보고 싶으면 만나자

무슨 사연이 그리 많아
무슨 곡절이 그리 많아
끈적끈적 달라붙는 보고픈 마음을
건건이 막아놓는가

그렇게 고민하지만 말고
애타는 마음에 상처만 만들지 말고
우리 보고 싶으면 만나자

보고픈 생각이 혈관까지 찔러와
속병이 드는데
만나지도 못하면
세월이 흐른 후에 아무런 남김이 없이

억울함에 통곡한들 무슨 소용인가
남은 기억 속에 쓸쓸함으로 남기 전에
우리 보고 싶으면 만나자

그리워 하염없이 눈물만 흘리며
마음의 갈피를 못 잡고
뼛골이 사무치도록 서운했던 마음
다 떨쳐버리고
우리 보고 싶으면 만나자

5월

오월
초록이 좋아서
여행을 떠난다

눈으로 보는 즐거움
마음으로 느끼는 행복이
가슴에 가득하다

오월
하늘이 좋아서
발길을 따라 걷는다

초록 보리 자라는 모습이
희망으로 다가와
들길을 말없이 걸어간다

기죽고 살지 말자

기죽고 살지 말자
헛다리 짚은 고달픈 인생살이라고
한 치 앞도 안 보인다고
매가리 하나 없이 기죽어 살지 말자

세상에 잘난 사람 많고 많아도
나 같은 사람은 딱 하나다

얼굴에 절망이 다닥다닥 붙고
서글프고 화딱지가 벌컥 나고
목소리에 가시가 돋아도
핏기 하나 없이 꺼벙하게 파김치가 되지 마라

이곳저곳 빠금거리며 살지 말고
당당하게 희망을 신념으로 삼고
가슴을 펴고 힘 있게 누리며 거칠 것 없이 살자
사람답게 알차게 알토란같이 살자

이 세상에서 남부러울 것이 무엇인가

하고픈 일이 있다면 긴가민가
어슬렁거리며 서성거리지 말고
머뭇거리지 말고 기웃거리지 말고
올곧게 기를 펴고 하나씩 이루어가며 살자

삶의 참의미

맨몸뚱이 하나로
거친 세상과 맞부딪치며
온갖 시련을 이겨내야
참맛을 알 수 있다

홀로 버려져
의지할 곳 없어
울음만 터져 나와도
가야 할 길을 가야 한다

막막하기만 할 때
좌절의 슬픔을 알기에
이를 악물고 뛰어들어
헤쳐나가야 한다

요행을 바라지 않고
선한 일에 쏟을 때
고통마저 껴안는 여유를 갖는다

피와 눈물과 땀으로
진실을 말하는 사람이
삶의 참의미를 알고 산다

그래 살자 살아보자

그래 살자 살아보자
절박한 고통도 세월이 지나가면
다 잊히고 말 테니

퍼석퍼석하고 처연한 삶일지라도
혹독하게 견디고 이겨내면
추억이 되어버릴 테니

눈물이 있기에 살 만한 세상이 아닌가
웃음이 있기에 견딜 만한 세상이 아닌가
사람이 사는데 어찌 순탄하기만 바라겠는가

살아가는 모습이 다르다 해도
먹고 자고 걷고 살아 숨 쉬는 삶에
흠 하나 없이 사는 삶이 어디에 있는가

서로 머리를 맞대고 열심히 살다 보면
눈물이 웃음이 되고
절망이 추억이 되어 그리워질 날이 올 테니

좌절의 눈물을 닦고 견디면서
그래 살자 살아보자

짧은 삶에 긴 여운이 남도록 살자

한 줌의 재와 같은 삶
너무나 빠르게 소진되는 삶
가벼운 안개와 같은 삶
무미건조하게 따분하게 살아가지 말고
세월을 아끼며 사랑하며 살아가자

온갖 잡념과 걱정에 시달리고
불타는 욕망에 빠져들거나
눈이 먼 목표를 향하여 돌진한다면
흘러가는 세월 속에 남는 것은 허탈뿐이다

때때로 흔들리는 마음을 잘 훈련하여
세상을 넓게 바라보며 마음껏 펼쳐나가며
불쾌하고 짜증나게 하고
평화를 깨뜨리는 마음에서 떠나자

세월이 흘러
다 잊히기 전에 비참함을 극복하고
용기와 희망을 다 찾아내어

절망을 극복하고 힘을 북돋우자

불굴의 의지와 활기찬 마음으로
부정적 사고를 던져버리고
언제나 긍정적인 마음으로
짧은 삶에 긴 여운이 남도록 살자

감동

가슴 벅찬 즐거움으로
세상이 떠나가도록 소리치는
기쁜 감동을 만들고 싶다

한순간에
지나가 버리는 삶
뭉개버리듯 살고 싶지 않다

세포 하나 핏줄 하나
살아 움직이는
생생한 삶을 만들어가야 한다

슬프고 괴로운 것도
살아 있음을 알려주는 것이기에
한순간도 허무하게 놓치며
살고 싶지 않다

삶의 순간순간마다
하늘을 향하여

환호를 지르도록
가슴 찡한 감동을 만들고 싶다

고독하다 이 세상은

고독하다 이 세상은
세상 살아감이 어쩌면 하나같이
꿈꾸는 듯하더니만 돌아서니 멀어진다

모두들 만날 때는
한바탕 그럴듯하게
벌일 것 같더니 이내 잊혀버린다

한 사람 한 사람
내로라하며 살고파 하지만
모두 다 가야 할 사람들
그대의 기억 속에 잊힌 사람들처럼
우리 또한 그대를 잊노니

고독하다 이 세상은 참으로 고독하다
소문 없이 태어나
소문 없이 떠나가는 인생 속에
알면 알수록 느끼면 느낄수록
이 세상사가 허망한 것을

모른 척 사노라니
인생은 참으로 고독하다

외로울 때 누군가 곁에 있어준다면

외로울 때 누군가 곁에 있어준다면
쓸쓸했던 순간도 구석으로 밀어놓고
속 깊은 정을 나누며 살아갈 수 있기에
살맛이 솔솔 날 것입니다

온갖 서러움을 홀로 당하며 살아왔는데
가슴에 맺힌 한을 풀어줄 수 있는
넉넉한 마음을 갖고 있다면
가슴에 켜켜이 쌓였던 아픔도
한순간에 다 사라지고 말 것입니다

생각하지 못했던 어려움이 닥쳐
절망의 한숨을 내쉬어야 할 때도
누군가 곁에 있어준다면
냉가슴도 따뜻하게 녹아내릴 것입니다

내 가슴을 넘나들던 아픔을 다독여 주고
늘 축 처지고 가라앉게 하던 우울과
치밀어 올라 찢긴 가슴을 감싸준다면

끝없이 짓누르던 고통도 멈추고야 말 것입니다

흠집투성이 그대로 받아줄 수 있는
마음이 푸근하고 넉넉한 사람이라면
잠시 어깨를 빌려 기대고 싶습니다

항상 죄스러운 마음으로 눈물꽃 피우며 살아왔는데
거칠어진 손 따뜻하게 잡아주며
활짝 웃어준다면
하늘 한번 제대로 못 바라보고
울게만 하던 모든 서러움도 다 떠날 것입니다

그대를 만난 오늘은

그대를 만난 오늘은
오랜 시간이 흐른 후에도
가장 아름다운 추억으로 남아 있을 것입니다

아픔과 우울 속에 지내오다가
비워진 마음을 가득 채울 수 있는
즐겁고 행복한 날이었습니다

진실한 사랑을 느끼며
나를 새롭게 다시 찾은 날입니다
내 가슴이 따뜻하도록 새겨지는 모든 것들이
더 아름답게 찾아왔습니다

내 삶 속에서
이런 날이 있을 수 있다는 것만으로도
가슴이 벅차올라
만남이 얼마나 소중한가를 알게 되었습니다

그동안 나는 무엇을 얻고자 살아왔던가를

깨닫게 되었습니다
죽어가던 감정이 다시 살아났습니다

내 삶에 희망이라는
불꽃이 켜졌습니다
삶을 웃으며 기뻐하며 살아가야 한다는 것을
깨닫게 된 하루였습니다

이제는 모든 것을 바로 보며
삶의 의미를 새롭게 느끼며 살고 있습니다

그대를 만난 오늘은
나에겐 평생 잊을 수 없는 날이 될 것입니다
언제나 오늘처럼 생생하게 기억하며 살아갈 것입니다

봄꽃 피는 날

봄꽃 피는 날
난 알았습니다
내 마음에
사랑나무 한 그루 서 있다는 것을

봄꽃 피는 날
난 알았습니다
내 마음에도
꽃이 활짝 피어나는 것을

봄꽃 피는 날
난 알았습니다
그대가 나를 보고
활짝 웃는 이유를

꿈

꿈만 꾸지 않고
꿈대로 살았더니
꿈이 이루어졌다

컵 하나엔

컵 하나엔
언제나
한 잔의 커피만을 담을 수 있다

우리가 몸서리치며
어금니 꽉 깨물고 살아도
욕심뿐
결국 일 인분의 삶이다

컵에
조금은 덜 가득하게
담아야
마시기 좋듯이

우리의 삶도
조금은 부족한 듯이
살아가야
숨쉬며 살 수 있다

02

여행을 떠나라 1

분주하고 복잡한 일상을 접어놓고
홀가분한 마음으로
짐은 가볍게 마음은 편안하게
훌쩍 여행을 떠나라

푸른 하늘을 마음껏 바라보고
드넓은 바다를 만나라
파도가 밀려오는 소리를 듣고
별이 쏟아져 내리는 하늘을 보라

두 눈이 맑아지고
가슴이 탁 터지도록
시원한 공기를 폐 속 깊숙이 받아들여라

삶에 짜증과 피로의 찌꺼기가
다 사라지도록
살아 숨 쉬는 자연에
몸과 마음을 던져버려라

잠시 쉰다고
삶이 정지되거나
잘못되는 것은 결코 아니다
여행은 삶을 풍요롭게 해주고
활력을 주고 넉넉함을 가져다준다

여행을 떠나라
이유와 변명을 늘어놓지 말고 떠나라
돌아온 후에 알 것이다
여행을 얼마나 잘 떠나고
얼마나 잘 갔다 왔는가를

파도

누가 그리도 보고픈 것일까
저 먼 수평선부터
고개를 내밀고 다가온다

채워도 채워도 채울 수 없는
허무함을 어쩔 수 없어
해변으로 밀려오는 것일까

밤이 오면
고독의 무게가 어둠만큼이나 가득해
한밤중에도 그리움을 어쩌지 못해
파도치는 것일까

언제나 내 마음을 알고 있는 듯이
언제나 내 마음처럼 파도쳐 오기에
바닷가가 그리워진다

삶도 늘 채워진 듯하다가
부족함을 느끼기에
나의 삶도 파도치기를 기다리는 것일까

내소사 숲길

전나무 숲길을 걸으며
발걸음을
빨리 옮겨놓고 싶지 않다

잠시 흐르는 세월을 잊고 걸으면
온몸에 퍼져오는
숲의 향기를 다 받아들이고 싶어진다

전나무 행렬 속으로
빠져들다 보면
세상 시름이 다 사라져 버리고
마음에 남아 있던 모든 찌든 것들이
다 사라지고
숲속에 나만 남는다

우산 속의 두 사람

비가 아무리 줄기차게
쏟아진다 하여도
우산 속에서 나란히 걸을 수 있다면
사랑은 시작된 것입니다

발목과 어깨를 촉촉이 적셔온다 하여도
비를 의식하기보다
서로의 호흡을 느끼며
주고 받는 이야기가 무르익어 간다면
사랑은 시작된 것입니다

빗소리보다 때로는 작게
빗소리보다 때로는 크게
서로의 목소리를 조절하며 웃을 수 있다면
사랑은 시작된 것입니다

우산 속에서 서로 어색함이 없이
어깨와 어깨가 좁혀지고
두 사람의 손이 우산을 함께 잡아도 좋다면

사랑은 시작된 것입니다

우산 속의 두 사람은
사랑 여행을 시작하고 있는 것입니다

한 잔의 커피와 깊은 안락의자

깊은 안락의자에 앉아
사색을 하거나 책을 보며
커피를 마시면
마음에 잔잔한 평안이 흐른다

깊숙이 몸을 넣고
편하게 의자에 기대어
커피를 한 모금 한 모금씩 입술을 적시며
모든 분주함에서 떠나면
눈에 보이는 것도
마음으로 느끼는 것도 즐거워진다

우리들의 삶은
휴식을 즐기는 것으로 즐거워진다
우리들의 삶은
휴식을 즐기는 여유가 있을 때
내일의 삶을 더 멋지게
펼쳐나갈 수 있는 힘이 생긴다

다도해

크고 작은 섬들이 어우러지는 탄성
아름다움이 호흡하는 자연의 거울이다

순한 바다에 발목을 적시며 걷고 싶고
작은 섬을 베고 잠을 청하면
멋진 꿈을 이룰 듯하다

뉘 솜씨 좋은 이가 이곳에 멈춰
만사를 뒤로하고 신화에 젖어
한 시절 보냈을 법한데

황혼이 불탈 때면
잔잔한 여울에 몸을 던져
시간도 없을 세계로
빠져들어도 좋을 듯하다

사랑한다는 말을 하고 싶을 때

내 심장에 사랑의 불이 커지면
목 안 깊숙이 숨어 있던
사랑한다는 말이 하고 싶어
입 안에 침이 자꾸만 고여든다

그대 마음의 기슭에 닿아서
사랑의 닻을 내려놓을 때
나는 외로움에서 벗어날 수 있다

내 가슴을 진동시키도록
눈물겹도록 사랑해도 좋을
그대를 만났으니
사랑의 고백을 멈출 수가 없다

견디기 힘들었던 시간이 지나고 나면
속 태우던 가슴앓이를 다 던져버리고
그대에게 사랑한다는 말을 할 때
내 슬픔은 끝날 것이다

외로웠던 만큼 열렬하게 사랑하며
무성하게 자랐던 고독의 잡초를 잘라버리고
사랑의 새순이 돋아 큰 나무가 될 때까지
그대를 사랑하겠다

바다는

밀물로 몰려드는 사람들과
썰물로 떠나는 사람들 사이에서
해변은 언제나
만남이 되고
사랑이 되고
이별이 되어야 한다

똑같은 곳에서
누구는 감격하고
누구는 슬퍼하고
누구는 떠나는가

감격처럼 다가와서는
절망으로 부서지는 파도

누군가 말하여 주지 않아도
바다는
언제나 거기 그대로 살아 있다

행복을 주는 사람

잠시 만나
커피 한잔을 마시고 헤어져도
행복을 주는 사람이 있다

생각이 통하고 마음이 통하고
꿈과 비전이 통하는 사람

같이 있기만 해도
마음이 편한 사람
눈빛만 보아도
평안해지는 사람

한잔의 커피를 마시고 일어나
다시 만나기를 약속하면
그 약속이 곧 다가오기를
기다려지는 사람이 있다

사랑하는 사람
행복을 주는
다정한 사람이 있다

커피가 주는 행복감

커피를 마시기 전 먼저 향기를 맡는다
키스를 하듯 입술을 조금 적셔
맛을 음미한다

기분이 상쾌하다
이 맛에 커피를 마신다
한 잔의 커피가 주는 행복감

삶도 허둥지둥 살며
뭐가 뭔지 모르고
살아갈 때가 있다
우리들의 삶도
향기와 맛을 음미해 가며 살아가야 하지 않을까

행복이란
그 느낌을 아는 사람에게 찾아온다

똑같은 커피도
장소에 따라

타주는 사람에 따라
시간에 따라
기분에 따라
컵에 따라
그 맛이 전혀 다르다

삶도 마찬가지
음미하며 살아가자
시간이 너무 빠르게 흐르고 있다

단 한 번만이라도 멋지게 사랑하라

사랑하고 싶다면
단 한 번만이라도 멋지게 사랑하라

하나 된 마음으로
마음껏 사랑할 수 있다면
그보다 멋진 사랑이 어디 있을까

커다란 눈망울로 바라보아도
가슴이 불타오르면
그보다 좋은 인연이 어디에 있을까

외로움에서 벗어나고 싶은
불같은 마음이라면
모든 것을 던져도 좋다면
이보다 좋은 사랑이 어디 있을까

사랑하는 이 곁에 있을 때
가슴이 따뜻하고 행복하다면
누구보다 멋진 사랑을 할 수 있다

서로 다정함을 느끼고
입술로 사랑을 고백하고 싶다면
모든 것을 던져버리고
아낌없이 순수하게 사랑하라

잘 지내고 있습니까

오랫동안 하고 싶어도
할 수 없던 말이
"잘 지내고 있습니까?"입니다

흘러가고 떠나는 세월을 따라
잊힐 줄 알았더니
그리움이 눈앞에 지워지지 않아
많은 눈물을 흘렸습니다

혹시 혹시나 소식이 올까
기다리던 기다림도
모두 포기하고 말았지만
다시 만날 수 있을 것이라는
미련을 버리지 못했습니다

사랑하다는 말도 하지 못하고
함께했던 시간들이
추억이 되어 영영 사라질 것만 같은
안타까움에 심장까지 울렁거립니다

떠나던 날 길을 잃고 말았기에
안쓰럽고 궁금한 마음에
안부를 물어봅니다
"잘 지내고 있습니까?"

단골 카페

늘 다니던 익숙한 거리에
단골로 다니는 카페를 정해놓고
아무 일 없이 들러도
분위기가 익숙해져 있어 편하다

한 잔의 커피에 부족을 느끼며
한 잔을 더 청해 마시는 날도 있다

삶엔 늘 갈증이 따라다닌다
삶엔 늘 허기가 따라다닌다

삶이 의심날 때
단골 카페에 들러
푹신한 의자 깊숙이 앉아

세상에서 제일 편안한 자세로
흐르는 시간을 느끼며
커피를 마신다
삶을 마신다

혼자 생각

눈 뜨면 보이지 않던 그대가
눈 감으면 어느 사이에
내 곁에 와 있습니다

봄소식

봄이 온다기에
봄소식을 전하려 했더니
그대 마음은
아직도 겨울이었습니다

흙

누구든 오세요
다 받아들이겠어요
내 품에 안겨보세요

움츠러들지 말아요
손을 내밀어요
얼굴을 들어요

나에게 다 맡겨요
발을 쭉 뻗어요
마음이 편안해질 거예요

내 품 안에서 살아요
욕심을 부리지 말아요
있는 모습 그대로가 아름다워요

참 고맙습니다

내 속마음을 알아주니
그 넓은 이해해 주는 마음이
참 고맙습니다

내 사랑을 다 받아주니
그 푸근하고 따뜻한 배려가
참 고맙습니다

내 말을 잘 들어주니
그 열어젖힌 마음의 겸손함이
참 고맙습니다

나의 모든 것을 인정해 주니
그 한없이 여유로운 마음이
참 고맙습니다

나의 모자람조차 칭찬해 주니
그 부족함이 없는 넉넉한 마음이
참 고맙습니다

나와 늘 항상 함께하여 주시니
늘 곁에서 동행해 주는 마음이
참 고맙습니다

삶의 깊이를 느끼고 싶은 날

삶의 깊이를 느끼고 싶은 날
한 잔의 커피로
목을 축인다

떠오르는 수많은 생각들
거품만 내며 살지는 말아야지
거칠게 몰아치더라도
파도쳐야지

겉돌지는 말아야지
가슴 한복판에 파고드는
멋진 사랑을 하며
살아가야지

나이가 들면서
늘 안타까운 마음이 든다
이렇게 살아서는 안 되는데
더 열심히 살아야 하는데
늘 조바심이 난다

가을이 오면
열매를 멋지게 맺는
사과나무같이
나도 저렇게 살아야지
하는 생각에

삶의 깊이를 느끼고 싶은 날

한 잔의 커피와
친구 사이가 된다

그대의 나이만큼 붉은 장미를 바칩니다

생일 축하합니다
그대의 나이만큼 붉은 장미를 바칩니다

그대의 삶이 오늘을 밝히는
축하 케이크의 촛불처럼
아름답기를 기도합니다

그대의 삶이 행복하기를 원합니다
그대의 꿈들이 모두 다 이루어지기를
바라는 마음입니다

우리는 그대를 위하여
축하의 노래를 부릅니다
우리의 마음은 언제나 주님이
그대를 인도하시고
사랑하여 주시기를 원합니다

생일 축하합니다
오늘 그대의 밝은 모습처럼

언제나 행복의 꽃들로
언제나 사랑의 열매로 가득하기를 원합니다

생일 축하합니다
그대의 나이만큼 붉은 장미를 바칩니다

겨울 여행

새벽 공기가
코끝을 싸늘하게 만든다

달리는 열차의 창밖으로
바라보는 들판이
밤새 내린 서리에 감기가 들었는지
내 몸까지 들썩거린다

스쳐 지나가는 어느 마을
어느 집 감나무 가지 끝에는
감 하나 남아 오들오들 떨고 있다

갑자기 함박눈이
펑펑 쏟아져 내린다

삶 속에서 떠나는 여행
한 잔의 커피를 마시며
홀로 즐겨보는 즐거움이
온몸을 적셔온다

03

우리는 연인

사랑은
진실로만 아름다울 수 있습니다
그대를 보고 있으면
마냥 행복한 것은
나에게 진실하기 때문입니다

그대를 만나던 날
한 줄기 빛이 나에게 비추이는 것을
가슴으로 느낄 수 있었습니다

사랑이라는 빛 나의 삶에
나의 생명에 힘을 주는 빛입니다

우리 사랑은 환상이 아니라 현실입니다

그대가 날 부르면
어디든 달려갈 수 있고
내가 그대를 부르면
어디든 달려와 주니

우리는 연인 서로 사랑하는 사이입니다

"보고 싶으면 언제든 말해 만나줄게"하는
그 말이 사랑하게 만듭니다

꽃으로 시작되는 계절

둑방 양쪽에
개나리 군단이 열 지어
봄 길을 활짝 열어놓았다

수천수만의
봄을 알리는 병사들의
합창이 시작되었다

입 모양이
똑같은 것을 보니
봄이 오는 걸
모두 다 환영하고 있다

노란색으로 물든
둑방길을 지나가노라면
연방 환호성을 지르며 반겨준다

봄, 봄, 봄은
꽃으로 시작되는 계절이다

아! 나도 사랑에
불 지르고 싶다

겨울나무야

쌩쌩 불어대는 찬 바람이
심장의 온도를 떨어뜨려
오들오들 떨고 서 있는 내 앞에

보초병마냥 당당하게 버티고 서 있는
겨울나무야

여름날 찬란한 햇살 아래
푸르른 옷을 입고
자태를 마음껏 뽐내더니

매서운 바람이
온몸을 칼질하는 한겨울에도
옷 하나 걸치지 않은 나목이 되어도
결코 흐트러짐이 없구나

나무야 나무야 겨울나무야
우리가 연인 사이였다면
난 반하여 청혼하고 말았을 것이다

선운사 동백꽃

선운사 뒤편 산비탈에는
소문난 만큼이나 무성하게
아름드리 동백나무가 숲을 이루어
셀 수도 없을 만큼 많고 많은
꽃망울을 터뜨리고 있다

가지마다 탐스러운
열매라도 달린 듯
큼지막하게 피어나는
동백꽃을 바라보면
미칠 듯한 독한 사랑에 흠뻑
취할 것만 같다

가슴 저린 한이 얼마나 크면
이 환장하도록 화창한 봄날에
피를 머금은 듯이
피를 토한 듯이
보기에도 섬뜩하게
검붉게 검붉게 피어나고 있는가

사랑이라는 열차

내 삶의 한복판으로
그대가
사랑이라는 이름의 열차가 되어
전속력으로 마구 달려온다면
두 팔을 들고 환호하며
내 가슴을 열고 기쁘게
맞아들일 것이다

오라 그대여
그대는 내 사랑이다

희망

얼마나 좋은 것이냐
어둠 속에서
빛을 발견한다는 것은

이름 없는 꽃이라도
꽃이 필 때
눈길이 머무는 것

삭막하기만 하던 삶 속에
한 줄기 빛이 다가오는 것은
얼마나 힘이 되는 일인가

망망한 바다라도
걱정할 필요가 없다
배를 띄울 수 있으니까
허허벌판이라도
걱정할 필요가 없다
안식할 곳이 있으니까

얼마나 좋은 것이냐
희망이 넘친다는 것은
우리의 얼굴이 달라 보이고
우리의 걸음걸이도 달라 보이고
우리의 모든 것이
힘차게 뻗어나가는 것이 아닌가

혼자 울고 싶을 때

이 나이에도
혼자 울고 싶을 때가 있습니다

손등에 뜨거운 눈물을
뚝뚝 떨어뜨리고
멍하니 허공을 바라보며
혼자 울고 싶을 때가 있습니다

이젠 제법 산다는 것에
어울릴 때도 되었는데
아직도 어색한 걸 보면
살아감에 익숙한 이들이 부럽기만 합니다

이젠 어른이 되었는데
자식들도 나만큼이나 커가는데
아직도 소년 시절의
마음이 그대로 살아 있나 봅니다

나잇값을 해야 하는데

이젠 제법 노련해질 때도 됐는데
나는 아직도 더운 눈물이 남아 있어
혼자 울고 싶을 때가 있습니다

대전역 가락국수

늦은 밤 피곤한 몸
서울행 열차를 기다리다
허기에 지쳐
가락국수를 시킨다

비닐봉지에 담긴 국수 한 움큼을
끓는 물에 금방 데쳐
한 그릇을 내준다

이천 원짜리 가락국수인지라
내용이 서민적이다
단무지 서너 조각이
국수 그릇에 같이 담겨 있고
쑥갓 조금 약간의 김 부스러기
고춧가루가 몇 개 둥둥 떠 있다

시장한 탓에
후루룩 젓가락에 말아 넘기면
언제 목구멍을 넘어갔는지 간 곳이 없다

기차를 기다리며
막간을 이용하여
먹는 가락국수의 맛은 그만이다

계절이 지날 때마다

계절이 지날 때마다
그리움을 마구 풀어놓으면

봄에는 꽃으로 피어나고
여름에는 비가 되어 쏟아져 내리고
가을에는 오색 낙엽이 되어 떨어지고
겨울에는 눈이 되어 펑펑 쏟아져 내리며
내게로 오는 그대

그대를 다시 만나면 개구쟁이같이
속없는 짓 하지 않고
좋은 일만 우리에게 있을 것 같다

그대의 청순한 얼굴
초롱초롱한 눈이 보고 싶다
그 무엇으로 씻고 닦아내도
우리의 사랑을 지울 수 없다

사사로운 모든 것들을 던져버리고

남은 삶을 멋지게 살기 위하여
뜨거운 포옹부터 하고 싶다

이 계절이 가기 전에
그대 내 앞에 걸어올 것만 같다

푸념

고독이란 것 말야
아직도 사랑의 흔적이
남아 있다는 거야

쓸쓸하다는 것 말야
아직도 동행의 여운이
남아 있다는 거야

허전하다는 것 말야
아직도 충만했던 느낌이
남아 있다는 거야

괴롭다는 것 말야
행복했던 순간들을 다시
찾고 싶다는 거야

포기해서는 안 되는 거야
아직 이런 감정들이
살아남아 있잖아

다시 시작하는 거야
더 멋진 일들이 일어날 거야
다시 시작하는 거야
더 신나는 일들이 일어날 거야

그리움을 벗어놓고

갓 피어난 꽃처럼
그리움을 벗어놓고
그대를 만나고 싶습니다

발이 있어도 달려가지 못하고
마음이 있어도 표현 못 하고
손이 있어도 붙잡지 못합니다

늘 미련과 아쉬움으로 살아가며
외로움이 큰 만큼
눈물이 쏟아지도록 그립기만 합니다

선잠이 들어도
그대 생각이 가득하고
깊은 잠이 들면 그대 꿈만 꿉니다

날마다 뼈아프도록 견디기 어려웠던
세월도 이겨낼 수 있음은
그대가 내 마음을
알고 있기 때문입니다

시간

시계가
동그라미 그리며
돌고 있어
돌아오는 줄 알았더니
한 번 떠나면
영영 돌아오지 않는구나

당신을 기다리고 있습니다

당신을 기다리고 있습니다
그리움이 송곳처럼 찔러 들어와
오늘쯤은 오지 않을까
창밖으로 자꾸만 눈이 갑니다

세월이 흐르면
그리움도 사라지고 마모될 줄 알았더니
아직도 잔향이 남아 있어
미치도록 그리워집니다

지금 어디쯤 계십니까
짧은 눈인사도 없이 도망치듯
떠나버린 당신을 기다리다 견디지 못해
달려가고만 싶습니다

빼곡할 것만 같았던 삶의 시간들도
허전하도록 자꾸만 짧아져 가고
미련은 마음의 능선을 넘어가는데
어긋난 기다림이 고조되면 병이 됩니다

당신을 기다리고 있습니다
삶의 지루함을 벗어나
마음의 칸막이를 뜯어내고
남은 세월에 걸맞은 사랑을 하고 싶습니다

아주 가난한 사랑일지라도

아주 가난한 사랑일지라도
눈물 나게 지치고 힘들어도
마음 놓고 사랑하고 싶다

그리움을 덥혀놓으면
가슴마저 뜨거워져
손끝만 살짝 스쳐도
따뜻하게 보듬어 안고 싶다

상처받은 마음 한 귀퉁이
괴로워하거나 슬퍼만 하지 말고
마음의 행간에 묶어놓은
엉킨 줄을 풀어내어야 한다

늘 겉돌기만 해 그리움에 젖어 있던
마음의 얼룩을 지워버리고
앞서거니 뒤서거니 하면서
슬퍼할 이유가 없도록
등이라도 다독거리며 사랑하고 싶다

꽃피어라 내 사랑아

꽃피어라 내 사랑아
온 땅을 뒤덮을 듯이 피어나는
봄꽃처럼 활짝 피어나
향기를 발하여라

꽃피어라 내 사랑아
꽃잎 속절없이 지더라도
필 때는 모든 것 아낌없이 피어야
탐스러운 열매가 열리고
익어가는 아름다움이 있지 않은가

꽃피어라 내 사랑아
우리네 사랑도
한번 활짝 피었다가 사라져야
그리움이 남지 않겠는가

꽃피어라 내 사랑아
사랑이란 이름으로
한평생 살아가며 후회하지 않도록
아름답게 아름답게 꽃피어라

내가 너를 사랑하는 만큼

너를 사랑하는 만큼
나를 사랑해 준다면
마음 뒷골목의 어둠도 사라지고
마음 뒤안길 아픔도
모두 다 잊히고 말 것이다

그리워하는 만큼 그리워해 준다면
이 세상 그 무엇도 그리울 것이 없다
삶의 길목마다 인연의 끈을 놓을 수 없으니
너를 만나면 산다

내 추억 속에 걸터앉아
너를 그리워하며 살아갈 수 있어
너와 나 사이는 무척 가깝다

사랑의 힘은 위대하기에
모든 것을 변화시키고
모든 것을 새롭게 바꾸어놓는다

내가 기억하는 것은
늘 마음속에 두고 사는 것처럼
늘 마음속에 두고 살아준다면
이 세상에서 크게 웃을 수 있는
가장 행복한 사람이 될 것이다

내 마음의 창고에
항상 너를 두고 살고 싶다

봄꽃 필 때 찾아오시게나

산천에 봄꽃 필 때
꽃길 따라 찾아온다면 얼마나 반가울까

겨우내 모진 바람에도
끈질기게 견딘 땅이
온 힘을 다해 피운 꽃들이
얼마나 예쁘고 아름다운가

봄꽃 필 때 날 찾아온다면
나도 한걸음으로 달려나가
반갑게 맞아주겠네

우리 서로 웃는 얼굴로
만날 수 있음이 참 반가운 일이 아닌가

산에 봄바람이 불어오는데
날 찾아온다는 소식에
벌써 가슴이 설레는데
어찌 보고 싶지 않겠는가

봄꽃 필 때 찾아오시게나
꽃길 따라 찾아온다면
어찌 반갑지 않겠는가

겨울나무들

무엇을 잘못한 것일까
여름날 그 찬란한 햇살 속에
아름답기만 하던
옷들을 다 벗어놓고는
가지마다 서로 외로움을 비비며
추위에 떨고 있다

아니다 아니다
벌써부터
봄이 오는 걸
기다리고 싶은 마음에
모든 손을 들고
환영하기 시작한 모양이다

아무 말 하지 마

아무 말 하지 마
알고 있어
눈을 보고 있으면
무슨 말을 하고 있는지 다 알아

가만히 있어
지금 이대로가 좋아

변명하지 마
누구나 실수할 수 있는 거야
핑계 대지 마
누구나 잘못할 수 있는 거야
딴청 피우지 마
누구나 넘어질 수 있는 거야

순수함이 좋아
가식 없는 네가 좋아
그래서 사랑하는 거야

04

나 가난하게 살아도

나 가난하게 살아도
그대를 사랑할 수 있다면
아무런 후회는 없습니다

홀로 있으면
어찌나 슬프고 외로운지 알기에
그대를 사랑합니다

온몸이 저리도록 만들고
마음이 울릴 만큼 흔들어놓는 사람도
그대 외에는 아무도 없습니다

그대와 같이 있으면
사랑을 나누는 기쁨 속에
행복이 무엇인지 알게 됩니다

떠나가 버리는 것들 속에도
사랑은 언제나 남아 있기에

내 눈에 익은 그대 모습이 좋아
그대 마음에
꼭 드는 사랑을 하고 싶습니다

잡초

아무도 반기지 않아도
서성거리기보다는
스스로의 길을 가야 하기에
살아야겠다는 열망으로
생명의 줄을 이어갑니다

이름 모를 꽃이 피어도
누구든 사랑해 주면
한동안의 행복도 가져보지만

떠나는 구름이
한줄기 비라도
쏟아놓으면
그보다 더한 행복이
어디에 있겠습니까

버려진 땅에서도
진한 목숨만은
어쩔 수 없어

언제든 오신다면
쉬어 갈 자리는
비워놓겠습니다

친구야

친구야
연락 좀 하고 살게나
산다는 게 무언가
서로 안부나 묻고 사세

자네는 만나면
늘 내 생각 하며 산다지만
생각하는 사람이
소식 한번 없나

일 년에 몇 차례 스쳐 가는
비바람만큼이나
생각할지 모르지

언제나
내가 먼저 소식을 전하는 걸 보면
나는 온통 그리움뿐인가 보네
덧없는 세월 흘러가기 전에
만나나 보고 사세

무엇이 그리도 바쁜가
자네나 나나 마음먹으면
세월도 마다하고 만날 수 있지

고추잠자리

쪽박으로 떠먹고 싶은
푸른 하늘을 보다
숨을 곳을 몰라 빨개진 너는

빙빙 허공을 맴돌다 어지러움에
갈잎 물들이는 신호를 보낸다

빈터로 남을
계절의 가슴 복판을
높이높이 오르지도 못하고

두 팔 벌려
님을 찾다가 찾다가
울타리 넘어 날아가 버렸지

혼자만의 짧은 여행을

짧게 내린
가을비 소리

외로움을 덜어주는
음악처럼 들렸다

하늘이 푸르다
내 마음도 푸르다

떠날까
한 잔의 커피와 함께
나 혼자만을 위한
짧은 여행을

느껴라

장대같이 쏟아지는 빗줄기를 바라보고
나를 위한 축복이라 생각하며
빗줄기 속에 들려오는 음악을 들어라

한낮에 뜨겁게 내리쬐는 태양을 바라보고
나를 위한 빛이라 생각하며
쏟아지는 햇볕 속에서 삶의 열정을 느껴라

휘몰아치는 바람을 온몸으로 받아들이고
나를 위한 격정이라 생각하며
불어닥치는 바람 속에서 역경을 이겨내는 힘을 가져라

밤하늘에 빛나는 별빛 속에서
인생의 즐거움을 느껴라

질풍같이 달려오는 성난 파도 속에서
살아 있는 삶의 호흡을 느껴라

막 피어오르는 꽃들 속에서

생명의 신비를 바라보며 사랑의 행복감을 느껴라

강줄기 따라 유유히 흐르는
강물을 바라보며 인생의 여유를 느껴라

내 생각의 모서리에 늘 앉아 있는 그대

내 생각의 모서리에
늘 앉아 있는 그대가 있다

늘 허둥대며 지쳐 있어도
그리움을 숨길 수가 없다

다정한 눈빛에 늘 가슴이 설레고
떨어져 있는 고통에 깎아져 내린 가슴엔
언제나 그대가 남아 있어
늘 서둘러서 만나고 싶다

가을날 쏟아지는 햇살에
알밤이 익어가듯 사랑을 하고 싶다
보고플 때면 가벼운 리듬을 타고 달려가
이마를 맞대고 얼굴을 보고 싶다

그리움을 견디려고
내 가슴에 끈을 다 졸라매도
여름날 가뭄처럼 타올라

사랑을 하지 않고서는 못 견딜 것 같다

그대를 생각하면 왜 콧등이 간지럽고
웃음이 나오는지
기분이 참 좋다

내 삶에서 가장 행복한 날

내 삶에서 가장 행복한 날은
어제도 아니고 내일도 아니고
바로 오늘 이 순간입니다

어제는 망각의 강으로 흘러갔고
내일은 아직 찾아오지 않았고
지금 생생하게 살아 있는 이 순간이
내 삶에서 가장 행복한 날입니다

오늘은 왠지 모를 기대감에 두근거리고
좋은 일이 생길 것 같은 설렘에
오롯이 기쁨이 자꾸만 샘솟아 납니다

콧잔등이 간지러울 정도로 흥미롭고
가슴이 따뜻하고 행복한 이야기를
끝없이 한정 없이 만들어가며
속 후련하게 기분 좋게 살아야겠습니다

내 사랑이 함께하는 오늘은 즐거운 날

행복한 웃음을 마음껏 풀어놓고
춤추듯 신나게 즐기며 사랑하는 사람들과
엄청나게 감동하며 살아야겠습니다

사랑은 아름다운 풍경을 만든다

우리들이 살아가는 날들은 추억 속에
아름다운 풍경을 만들어놓는다
사랑하는 사람과 만나 보내는
모든 순간들은 잊을 수 없는 참 소중한 시간들이다

그 순간마다 만들어놓은 모든 장면은
사랑이라는 가장 아름다운 물감이 색칠해 놓은
삶 중에 가장 정겹고 아름다운 풍경이다

사랑하는 사람들이 함께하던 모든 곳은
사랑의 자취와 흔적이 남아 있다

우리가 서로 사랑하고 있다면
오늘 이 순간들이 팔짱 끼고 관망하지 않고
서로 함께하여도 좋을 추억 속에
어느 날 문득 생각해 보아도 좋을
어느 날 문득 기억해 보아도 좋을
그리워지는 날들이 되어야 한다

우리가 늘 만나던 장소 거닐던 길
우리가 함께하던 모든 곳들이
눈을 감고 생각해 보면
눈앞에 그대로 아름답게 펼쳐지는
풍경이 되어야 한다

내 마음의 바다에 미련을 던지면
아름다운 추억이 낚여 올 수 있도록
사랑을 나누며 살아가는 날 동안
감동 속에 아름다운 풍경을 만들어야 한다

착하게 사세 선하게 사세

냉혹한 현실일세
차가운 시선들 모두들 생존경쟁에서
살아나려고 몸부림치고 있지 않나

친구야
우리들이 학교에서 배운
도덕과 윤리와 지성의 책들이
헌책이 되어 버려질 때
세상은 교과서에서 배운 대로가 아니었네

만나는 사람들이 말하고 있지
두 가지의 말 "악해야 산다"
"그래도 세상엔 착한 사람들이 많아서
이렇게라도 살 수 있다"
자네는 어느 쪽인가

착하게 사세 착하게 사세
우리들이 나이 들어가며 뒤돌아보며
후회하지 않으려면

착하게 사세 선하게 사세
세상이 악하다고
우리까지 그래서야 되겠나
친구야
우리는 교과서처럼 살아보세

늘 간절한 어머니 생각

자식을 향한 어머니의 선한 눈빛
부드러운 손길, 따뜻한 사랑이
세상을 살아가는 방법을 가르쳐 주었습니다

자신보다 자식을 더 생각하는 어머니
어머니의 사랑은 언제나 풍성합니다

어머니의 자식도 나이가 들어가며
세상을 살아가면 갈수록
어머니의 깊은 정을 알 것만 같습니다

늘 뵙는 어머니지만 뵙고픈 생각이 간절해
전화를 했더니 내 생각 하고 계셨습니다

그 무엇으로도 다 표현하지 못할 어머니의 사랑
그 사랑을 갚을 길이 없어
늘 어머니 생각이 간절합니다

그리운 이름 하나

내 마음에
그리운 이름 하나 품고
살아갈 수 있다면 얼마나 행복합니까

눈을 감으면 가까이 다가와
마구 달려가 내 가슴에
와락 안고만 싶은데
그리움으로만 가득 채웁니다

그대만 생각하면
삶에 생기가 돌고
온몸에 따뜻한 피가 돕니다
그대만 생각하면
가슴이 찡하고
보고픔에 울컥 눈물이 납니다

세월이 흐른다 해도
쓸쓸하지만은 않습니다
내 가슴에 그리운 이름 하나 살아 있음으로
나는 행복합니다

당신을 사랑합니다

당신을 사랑합니다
내 삶 동안에 허락된 사랑은
당신뿐입니다

사랑할수록 흔적이 남아 행복에 잠기고
세월의 흐름에 따라
가슴 뛰게 하는 감동입니다

당신을 사랑하기에
마음과 마음 사이에 그리움이 있어
방랑의 피로마저 사라지고
온통 행복한 마음입니다

늘 찾고 기다리던
내 사랑으로 찾아온 당신은
가장 반가운 사람입니다

지칠 대로 지친 고통과 아픔을 씻어주고
기쁘고 명랑하게 해주기에

너무나 행복합니다

내 마음에 곱게 피어나는 사랑을
꽃피워 내며 향기를 마음껏 발산하며
욕심껏 가꾸며 살겠습니다

단 한 번의 사랑

만약
단 한 번 사랑할 수 있다면
오직 당신만을 사랑하겠습니다

주어진 시간이 짧을지라도
가슴 저미도록 그리우면
끈질긴 생명력으로 살겠습니다

당신만을 사랑할 수 있다면
내 마음의 갈피에
슬픔이 쏟아져 내려도
어떤 고통과 역경도
목숨을 걸고 이겨내겠습니다

당신을 만나는 순간
외로운 결핍으로 허기지던 가슴에
전율처럼 느껴지던
행복을 잊을 수 없어
더없이 맑은 사랑을 하고 싶습니다

내 눈에는
당신밖에 보이지 않아
행복한 눈물로 몸짓으로
꽃 피는 봄이라도 불러내어
추억할 수 있는 사랑을 하겠습니다

마냥 좋은 그대

그대를 사랑하는 것은
참 즐거운 일입니다

그대의 숨결 속에서
내 마음은 더 푸르게 자라납니다

생글생글 피어나는
그대의 미소를 따라 걸으면
이른 아침 풀잎의 이슬처럼
촉촉하게 젖어 들어와 행복해집니다

마음의 중심이 흔들려
차갑게 돌아서고 싶은 순간에도
내 손을 따뜻하게 잡으며
격려해 주던 그대가 너무나 소중합니다

마음의 깊은 상처로 고통스러울 때도
앞을 알 수 없는 절망스러운 일들 속에서도
날 반갑다고 맨발로 뛰어나와

반겨줄 사람은 그대뿐입니다

온갖 시련 속에서도 견딜 수 있는
힘이 생겨나는 것은
내 품 안에 꼭꼭 안아주고 싶은
마냥 좋은 그대가 있기 때문입니다

고독이 선명해질 때

고독이 선명해질 때
외로움이 드러나면
갇혀 있던 나는 탈출을 시도한다

애처롭게 신음하며 절망했던 날들 속에
한구석 텅 빈 내 모습이
왠지 초라해 보인다

가슴 깊은 곳에 숨겨놓고
토해낼 수 없었던 고백을
입술에 피가 나도록 깨무는
아픔이 있더라도 말하고 싶다

잔뜩 낀 먹구름을 피하지 못하고
시달린 시간들이
말할 수 없는 고통을 몰고 왔다

가면으로 가려두고
늘 웃음으로 위장했던

세월이 흘러갈수록 가슴이 아프다

가슴속에 숨겨두었던
오랜 아픔을 너무도 쉽게 말했을 때
가슴이 더 아팠다

내가 가야 할 길이라면
눈물이 심장까지 흘러들어 와도
견디며 살아가야 한다

눈 내리는 밤이면

눈 내리는 밤이면
꺾일 듯 휘청거리며 힘겹게 살아온 삶에
사랑하지 못한 아쉬움이 남아 있는
사람들이 거리를 헤맵니다

눈 내리는 밤이면
소록소록 쌓이는 정겨움으로
그대와 함께 한없이 걷고 싶습니다

눈 내리는 밤이면
눈이 녹아내리듯이
완벽하게 스며드는 사랑을
그대와 나누고 싶습니다

하얀 눈 위에 그리움이 찍히면
쌓인 눈을 뭉쳐
그대에게 마구 던지고 싶습니다

눈 내리는 밤이면

보고 싶은 그대를 만나
보드랍고 따스한 손을 꼭 잡고
내 마음에 잔잔하게 일렁이는
사랑을 고백하고 싶습니다

눈 내리는 밤이면
뜨거운 커피를 마시며
우리의 사랑이 익어가도록
대화를 나누고 싶습니다

잊히지 않고 지워지지 않을
사랑의 발자국을 남기고 싶습니다

그립고 또 그립다

그립고 또 그립다
허전한 마음에 눈물이 핑 돌고
가슴이 아릴 만큼 찔러 들어오는
그리움에 가슴이 아프다

아무 기별도 없이
아무런 말도 없이
눈앞에서 사라져 떠나갔다

자꾸만 멀어져 가는데
외로움은 절실해
고독의 설움을 툭툭 털어버리고
나도 떠나고 싶다

너의 이름을 혀끝이 마르도록
입술을 오물거리며 불러보지만
무엇보다도 두려운 것은
다시는 만날 수 없다는 것이다

날마다 떠나지 않고 자꾸만 아른거려
같이 걷던 길에서
한참을 머뭇거리고 서성거렸는데
떠나버렸다

그립고 또 그립다
헤어짐이 없는 사랑이었으면
얼마나 좋을까
너의 얼굴이
눈물에 젖은 꽃으로 피어났다

커피 한 잔의 행복

지나간 그리움과
다가올 삶의 기대 속에
우리는 늘 아쉬움이 있다

커피 한 잔에 행복을 느끼듯
소박한 마음으로 살아가고
작은 일 속에서도 보람을 느끼면
삶 자체가 좋을 듯싶다

항상 무언가에 묶인 듯
풀려고 애쓰는 우리들
잠깐이라도
희망이라는 연을 날릴 수 있다면
세상은 좀 더 따뜻해지지 않을까

때론 커피 한 잔의 여유를 느끼며
미소를 지으며 살아가고 싶다

05

한목숨 다 바쳐 사랑해도 좋을 이

한목숨 다 바쳐
사랑해도 좋을 이 있다면
목숨의 뿌리 마를 때까지
온몸과 온 마음으로
사랑하고 싶습니다

밀려오는 파도처럼
멀리 떠나가야만 하는 세상
후회 없이 미련 없이
쏟아져 내리는 폭포수처럼
사랑해도 좋을 이 있었으면 좋겠습니다

언젠가 세월의 연줄도 다 풀리고 말라
젊음이 녹슬어 가기 전에
가슴 저미도록 그립고
사무치게 생각나는 이 있다면
모든 걸 송두리째 불태우고 싶습니다

흘러만 가는 세월이 아쉽고

떠나만 가는 세월이 안타까워
덧없이, 의미 없이
단조롭게 살기보다는
사랑해도 좋을 이 있다면
그를 위해 모든 것을 포기하더라도
사랑하며 살고 싶습니다

그리움의 시선

그대를 바라보는 동안
그대 웃는 얼굴이
내 마음에 들어와
그대를 사랑하게 되었습니다

내 마음이 닿을 수 없을 것만 같아서
내 손이 닿을 수 없을 것만 같아서
모른 척 살면 잊히려니 했습니다

사랑 속에
그리움의 시선이 있다는 것을 몰랐습니다

세월의 물살에 떠밀려
그대가 보이지 않는 곳에 있어도
나는 그대를 바라보고 있습니다

가슴에 들려오는 그대의 부름에
내 심장이 박동하고 있습니다

그대를 만나면
그대의 웃음에 어울리는
사랑을 하고 싶습니다

한 잔의 커피를 마실 때마다

한평생 살아가며
몇 잔의 커피를 마실까

커피를 마실 때마다
무슨 생각을 할까
커피를 마실 때마다
누구와 마실까

지나온 삶의 안타까움과
다가오는 삶에 대한 기대감 속에
늘 서성거리다 떠나는 것은 아닐까
가끔씩 답답함을 터뜨리고 싶어
외마디라도 버럭 소리 지르고 싶다

커피를 마시고
깨끗하게 씻어놓은 잔처럼
마시던 순간을 잊어버리는 것은 아닐까

한 잔의 커피를 마실 때마다

흘러가는 세월이 안타까워
외로움을 숨기고 싶을 때
에스프레소의 깊고 진한 맛을 느낀다

힘이 되어주는 사랑

사랑은
모든 병을 치료해 주는
놀라운 힘을 가지고 있습니다

절망에 빠져 있을 때에도
그대의 말 한마디
그대의 손길을 따라

나는 다시 힘을 얻고 일어나
열정을 다해 살기로 다짐합니다

사랑은 모든 것을
이길 수 있는 힘을 줍니다

그 사랑을 가져다준
그대를 만나게 된 것은
행복 중의 행복입니다

홀로 이루려는 사랑보다

둘이 이루는 사랑에
아름다운 결실이 있습니다

그대가 주는 사랑은
삶에 힘이 되어주는 사랑입니다

그리운 날에는

철철철 흐르는 눈물에
가슴이 젖도록
고독한 날에는
누구를 만나야 하는가

살아야 한다는 의미가
뼛속 깊이 느껴지고
가슴팍이 져며오는 날에는
누구를 만나야 하는가

모든 것을
훌훌 떨쳐버리고 떠나고 싶다
마음을 어찌할 수 없는 날에는
누구를 만나야 하는가

아무도 알아주지 않고
아무도 이해해 주지 않고
온통 혼자라는 생각이 들 때
누구누구를 만나야 하는가

누가 아는가 이 마음을
소리를 고래고래
지르고만 싶고
미친 듯이 날뛰고 싶은
이 마음을 누가 아는가

진정 사람이 그리운 날에는
누구누구를 만나야 하는가

외로울 거야

외로울 거야
그리움이 마음을 축내
피가 말갛게 흐르는데
어떻게 홀로 보낼까

홀로 쓸쓸함에
가슴에 구멍이 숭숭 뚫려
떠날 만큼 떠나고
돌아설 만큼 돌아서서
마음 한번 꾹 눌러놓았어도
외로울 거야

그리움이 차곡차곡 쌓이는데
등 따뜻하게 기대고 살려면
마음의 물꼬는 트고 살아야지
싸늘하게 냉기를 불어넣으면
어떻게 감당하며 사나

한 치 앞도 알 수 없이

점점이 떠도는 그리움에
숨이 꼴깍 넘어가도록
보고 싶다는 말이 맴도는데
참 많이 외로울 거야

사랑의 불길

우리 사랑이
아무리 불타고 있다 해도
한 장의 종잇조각으로
태울 수는 없다

우리 사랑이
아무리 어둠을 밝힌다 해도
한 개의 촛불로
녹아내릴 수는 없다

비록 태양이 떠올랐다가
밤이 오면 지더라도
다시 떠오를 수 있는
아침이 있기에
우리 사랑은 태양 같은
열정으로 불타고 싶다

한순간이 아닌
영원히 타오르는 불길이고 싶다

사랑의 빛으로 밝히고 싶다

꺼질 줄 모르고
그대 심장을 녹이는
거센 불길이고 싶다

사랑의 화살

말하고 싶습니다
사랑한다고
외치고 싶습니다
사랑한다고
온 세상에 알리고 싶습니다
사랑한다고

내 청춘의 광장에 초대된
그대를 황홀한 마음으로
힘껏 안을 수 있다는 것은
삶에 매력을 느끼게 합니다

내가 뛰어들 수 있는
사랑의 바다가 있다는 것은
놀라운 기쁨입니다

삶에 남겨지는
발자국도 하나가 아닌 둘로
이어져 나갈 수 있으니

사랑하는 이여
그대가 이 지상에 있는 한
나는 외롭지 않습니다

사랑하는 이여
나는 그대에게 이미
사랑의 화살을 당겼습니다

이 세상에서 가장 행복한 사람

그대를 그리며 달려간다
뛰어가는 발걸음만큼이나
설렘으로
심장이 터질 것만 같다

이 순간만큼은
우리들의 시간이
정지된다면 얼마나 좋겠는가

수많은 시간들
수많은 만남들
수많은 얼굴들을 뒤로하고
불타오르는 열정으로
그대 모습을 그리며 달려간다

삶의 가로등이 되어
얼마나 기다렸는가
이제 숨이 가쁘다
그러나 그대만

그 자리에 있어주면 된다

나의 사랑이여
진정 그대를 사랑한다

만날 수 있다는 행복
사랑할 수 있다는 행복

이 순간만큼은
이 세상에서
내가 가장 행복하다

그대를 보고 있으면

그대를 보고 있으면 눈물이 납니다

맑은 눈 고귀한 영혼을 가진
그대가 너무나 아름답고
소중하기 때문입니다

다가가면 갈수록
그대 삶에 피워놓은
찬란한 꽃잎을 떨어뜨릴까
먼 곳에서 바라보고만 싶습니다

보고 싶다는 말을 알고 있습니다
모두 다 그리움을 갖고
살고 있기 때문입니다

사랑하기에 소중하기에
그대를 지켜보고만 싶습니다
그대를 바라보고만 싶습니다

늘 들려오는 그대 목소리
늘 다가오는 그대의 이름
아! 그대를 생각하면 자꾸만 눈물이 납니다

누군가를 사랑한다는 것은

가만히
가슴의 소리를 들어보라
설레고 고동치고 있지 않은가

누군가를
사랑한다는 것은
행복한 일이다

가만히
발걸음을 옮겨보라
어디로 향하여
걷고 싶어지는가를

전화기를 들어
번호를 눌러보라
누구와 통화하고 싶은가를

누군가를 사랑한다는 것은
삶을 삶답게 살아가게 하는 힘이다

희망을 이야기하면

희망을 이야기하면
사람들의 얼굴은
밝고 환하게 빛난다

마음이 열리고
힘이 샘솟고 용기가 생겨서
모든 일에 최선을 다하고
내일을 향하여
새로운 도전을 하고 싶어 한다

어제보다 오늘을
오늘보다 내일에 펼쳐질 일들을
기대하며 살아간다

땀 흘리는 기쁨을 알고
어떠한 고통도 두려움도 없이
기도하며 이겨내고
서로를 신뢰해 주며 사랑을 나눌 수 있는
마음에 여유로움이 있다

희망을 이야기하면
사람들의 눈은 빛을 발한다

머뭇거림과 서성거림이 사라지고
리듬감과 생동감 속에 유머를 만들며
열정을 쏟아가며
뜨겁게 살기를 원한다

고마운 사람

살다가 만난 사람 중에는
마음을 활짝 열고 반겨주는
눈물 나도록 고마운 사람들이 있습니다

가슴에 피멍이 지도록 힘겨울 때
속 깊은 마음으로 위로해 주고
함께해 주어 정말 고맙습니다

모든 것이 다 망가져 숨이 막힐 때
넓은 도량으로 격려해 주고
힘이 되어주어 정말 고맙습니다

삶에 균열이 생기고
포기하고 싶도록 고독할 때
따뜻하게 나의 입장을 옹호해 주고
친구가 되어주어 정말 고맙습니다

바삭바삭 마음조차 말라버려 아플 때
찾아와 외로움을 달래주고

위로해 주어 정말 고맙습니다

세상은 고마운 사람이 있어
행복한 세상입니다
살맛 나는 세상입니다

지금 사랑하지 않으면

지금 사랑하지 않으면
언제 다시 할 수 있을까

외로울 때 바라보는
눈동자가 자꾸만 와 닿아
마음이 동하는데
가슴 깊이 울릴 사랑을 하자

홀쩍 떠나가 버린 후
네 사랑이 너무 강렬해서
고통인 줄 알았는데
모든 것은 지워지고
남은 것은 구슬픈 곡조뿐이다

고통의 시곗바늘이 숨차게
째깍거리며 소리를 질러대도
짓궂은 운명조차 훼방하지 못하도록
마음 움직이는 대로 살자

칠흑 어둠의 절망 속에
피곤이 끼어들어 핏발 선 눈빛도
머물 곳을 찾았으니
시련의 먹구름을 뚫고 밝아오는
이 화창함이 얼마나 좋으냐

꿈만 같은 날

어느 날 갑자기
꿈만 같은 날이 찾아온다면
심장이 터질 것 같은
기쁨에 얼마나 신나고 좋을까

꿈꾸고 상상하고
간절히 원하던 일들이
눈앞에 그림처럼 펼쳐진다면
사는 재미가 톡톡 날 것만 같다

아주 멋지고 근사한 기분에
아이마냥 좋아서 날뛰고
기뻐서 소리를 지르고
즐거워서 눈물을 펑펑 쏟아내며
미치도록 좋아할 것 같다

단 하루만이라도
폭소를 터뜨려도 좋을 만큼
꿈만 같은 날이

한순간에 찾아온다면
정말 아주 참 많이 좋겠다

한 잔의 커피 1

나도 모를 외로움이
가득 차올라
뜨거운 한 잔의 커피를
마시고 싶은 그런 날이 있다

구리 주전자에
물을 팔팔 끓이고
꽃무늬가 새겨진 아름다운 컵에
예쁘고 작은 스푼으로
커피와 프림 설탕을 담아

하얀 김이 피어오르는
끓는 물을 쪼르륵 따라
그 향기와 그 뜨거움을
온몸으로 느끼며
삶조차 마셔버리고 싶은
그런 날이 있다

열정의 바람같이 살고픈

삶을 위해
뜨거운 커피로
온 가슴을 적시고 싶은
그런 날이 있다

여행은 추억을 만든다

외로움이 쌓여
여행을 떠나면
마냥 동경만 하고 그리워했던 곳들이
하나둘 눈앞에
현실이 되어 나타난다

여행은
보고 듣고 말하고 느끼고
가슴에 담고 새기며
만나는 것들을 새롭게 안겨준다

내 눈에 찾아들어 온
아름다운 풍경
가슴에 남아 한 편의 시가 된다

여행 중에 마시는 커피는
외로움을 타는
내 몸에 겹겹이 흘러들어
산다는 의미를 새겨준다

여행은 삶에
추억을 만든다

그렇게 살고 싶었습니다

늘 허둥대며 팔자 세게 살아도
어처구니없이 어슴푸레 체념하면서
뒤뚱거리며 살고 싶지 않았습니다

내가 꿈꾸던 대로
내가 원하던 대로
이루어가며 그렇게 살고 싶었습니다

째지게 가난해도 눈 질끈 감고 추스르며
두 손 야무지게 잡고 다짐하면서
뒤돌아보지 않고 정말 열심히 살았습니다

절망이 가득해 갈 길을 잘 몰라 얽매이고
세상의 온갖 매운맛 쓴맛 단맛
진통을 겪듯 다 느껴가며 살아도
늘 사람답게 그렇게 살고 싶었습니다

사는 게 괴로워 눈물 찔끔 쏟고
청승맞게 내 삶이 서글퍼 통곡하다가도

봄꽃 피듯 화끈하게 보란 듯이
화창하게 피어나며 살고 싶었습니다

옴쭉 못 하게 몸서리치도록 힘들고 고단해도
졸음이 쏟아져 어깨가 늘어져도
자식들과 아내와 행복하게 살고파
고름 흐르던 시련의 군은살 박여가며
오직 가족의 행복만을 위하여 한마음으로
떳떳하게 그렇게 살고 싶었습니다

한 잔의 커피 2

사랑이 녹고
슬픔이 녹고
마음이 녹고

온 세상이
녹아내리면
한 잔의 커피가 된다

모든 삶의 이야기들을
마시고 나면
언제나
빈 잔이 된다

나의 삶처럼
너의 삶처럼

나를 기억하고 있는가

나를 기억하고 있는가
함께한 순간들이
얼마나 행복했었던가를
언제나 기억하며 살 것이다

매력적인 모습으로 황홀하게 만들어
놀란 눈빛으로
날 바라보도록 달려가고 싶다

게으름이 아직도
마음을 움직이지 못하고
고백도 하지 못했다

외로움이 까맣게 타다
남겨놓은 찌꺼기가
고독이다

고독에서 탈출하여
사랑에 빠진 사람은
행복한 사람이다

독자들이 좋아하고 사랑하는 시는
생명력이 넘치는 살아 있는 시다
독자들이 선택하는 시는 분명한 이유가 있다
독자들의 생각과 마음과
삶의 모습에 일치되는
시를 찾고 만났을 때 공감하는 것이다

'내 마음을 어떻게 알았을까' 하는 생각에
시를 읽고 싶고 쓰고 싶고
시를 마음에 담고 싶고 누군가
다른 사람의 눈과 귀에 전하고 싶어지는 것이다
독자들이 좋아하는 시는
독자들의 마음을 읽어주고 독자들의 마음에 울림을 주는 시다

시는 독자들과와 함께 마음을 나눌 수 있어야 한다
독자들의 선택은 언제나 현명하다

시인의 마음이 곧 시를 사랑하는 독자들의 마음이다
독자들이 공감하고 좋아하는 시가 살아 있는 시다

2022년 1월
용혜원